Gato azul ruso

Grace Hansen

abdopublishing.com

Published by Abdo Kids, a division of ABDO, P.O. Box 398166, Minneapolis, Minnesota 55439.

Printed in the United States of America, North Mankato, Minnesota.

052017

092017

Spanish Translator: Maria Puchol

Photo Credits: iStock, Shutterstock, Thinkstock

Production Contributors: Teddy Borth, Jennie Forsberg, Grace Hansen

Design Contributors: Dorothy Toth, Laura Mitchell

Publisher's Cataloging in Publication Data

Names: Hansen, Grace, author.

Title: Gato azul ruso / by Grace Hansen.

Other titles: Russian blue cats

Description: Minneapolis, Minnesota : Abdo Kids, 2018. | Series: Gatos | Includes bibliographical references and index.

Identifiers: LCCN 2016963244 | ISBN 9781532101984 (lib. bdg.) | ISBN 9781532102783 (ebook)

Subjects: LCSH: Russian blue cats--Juvenile literature. | Spanish language materials--Juvenile literature.

Classification: DDC 636.8/2--dc23

LC record available at http://lccn.loc.gov/2016963244

Contenido

Los gatos azules rusos

Estos gatos son conocidos por su sedoso pelo azulado. También por sus preciosos ojos verdes.

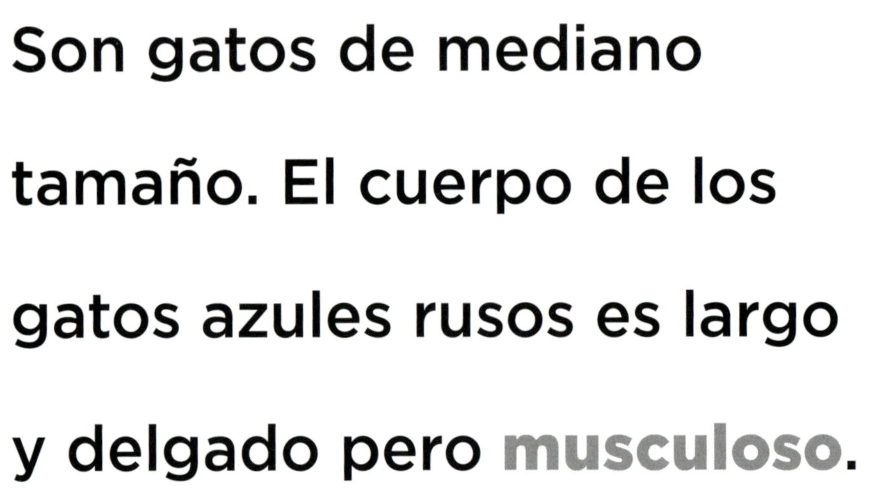

Son gatos de mediano tamaño. El cuerpo de los gatos azules rusos es largo y delgado pero **musculoso**.

Los ojos del gato azul ruso son redondos. Las orejas son grandes pero **proporcionadas** en relación con su cabeza.

El gato azul ruso tiene el pelo **afelpado** y bonito, parece que brilla.

Cuidados

A estos gatos no se les cae mucho el pelo. Pero es importante cepillarlos semanalmente para mantener su pelo saludable.

Personalidad

No se los conoce únicamente por su belleza. El gato azul ruso destaca también por su naturaleza tranquila.

Estos gatos son cariñosos con sus dueños. Les gusta jugar a buscar cosas. Pero también están felices cuando están descansando.

Al gato azul ruso no le gustan los cambios de horario. Es bueno darle la comida siempre a la misma hora.

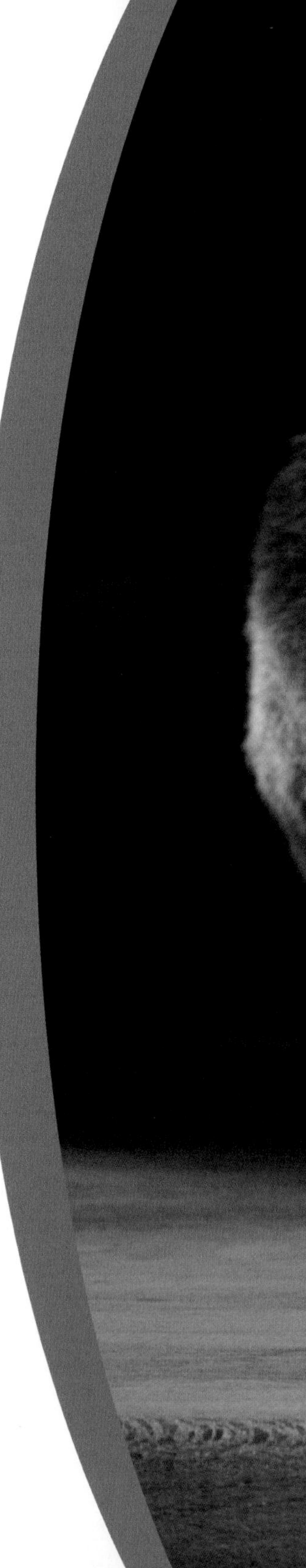

Los gatos azules rusos prefieren paz y tranquilidad. No les gustan las visitas **frecuentes** ni los ruidos fuertes. Lo mejor para ellos es estar tranquilos en casa con su familia.

Más datos

- Los gatos azules rusos son muy **particulares** con su caja de arena. Tiene que estar siempre muy, muy limpia.

- A estos gatos les encanta la atención de sus dueños. Pero, a diferencia de otras razas inteligentes de gatos, no les importa cuando sus dueños están en el trabajo.

- Algunos gatos azules rusos parece que siempre están sonriendo.

Glosario

afelpado – pelo sedoso.

frecuente – constante o regular.

musculoso – que tiene los músculos desarrollados.

particular – tener una opinión muy especial sobre lo que es aceptable.

proporcionado – relación entre tamaño, forma y posición de las diferentes partes de algo.

Índice

abdokids.com

¡Usa este código para entrar en abdokids.com y tener acceso a juegos, arte, videos y mucho más!

Código Abdo Kids:
CRK9220